목포역 블루스

시작시인선 0280 목포역 블루스

1판 1쇄 펴낸날 2018년 12월 20일
지은이 김경애
펴낸이 이재무
책임편집 박은정
편집디자인 민성돈, 장덕신
펴낸곳 (주)천년의시작
등록번호 제301-2012-033호
등록일자 2006년 1월 10일
주소 (03132) 서울시 종로구 삼일대로32길 36 운현신화타워 502호
전화 02-723-8668
팩스 02-723-8630
홈페이지 www.poempoem.com
이메일 poemsijak@hanmail.net

ⓒ김경애, 2018, printed in Seoul, Korea

ISBN 978-89-6021-406-4 04810
    978-89-6021-069-1 04810(세트)

값 9,000원

＊이 책의 국립중앙도서관 출판시도서목록(CIP)은 서지정보유통지원시스템 홈페이지(http://
 seoji.nl.go.kr)와 국가자료공동목록시스템(http://www.nl.go.kr/kolisnet)에서 이용하실 수 있습니
 다.(CIP 제어번호: CIP2018040932)

＊이 시집은 2018년 전남문화관광재단에서 출판비 일부를 지원받아 출간하였습니다.

목포역 블루스

김경애

천년의
시 작

혼자 오래
내 그림자와 놀았던
시간이 있었다

슬픔이 앉은 자리에
따뜻한 빛으로
내 시가 스며들어

그 마음이 조금이라도
반짝였으면 좋겠다

차 례

시인의 말

제3부

제1부

온금동 냄새

언덕 위로 햇살이 부스러지는 오후 4시,
연희슈퍼 문은 닫혀 있고 시대이발관은 조용하다
한빛교회도 예배가 없는지 낡은 문틈으로
긴 그림자만 엎드려있다

붉은 흙집 골목을 지나면
때늦은 홍접꽃이 피어있는 뒷동산
우리가 어깨를 기댄 채 바다를 보던 언덕 위엔
시든 푸성귀 사이로 까치가 깡총거리고
내려다보이는 앞바다엔 핑크돌핀호가 정박해 있다

한 세월이 저물어 돌아오지 않는 시간
쿵쿵거리는 어스름이 내리는 길로 들어서면
우리의 추억이 곰삭아 있던 서산 할매집,
녹슨 철 대문이 막걸리 냄새를 풍긴다

문득 어디선가 푸드덕 날개 치는 소리
까치가 집으로 돌아가는 길인가
이제 이 거리가 돌아갈 곳이 아니란 생각에 고개를 들면
선창에서 피어오르는 비린 냄새
늘 우리를 불러내던 그 냄새가 코끝에서 글썽인다

북항

북항에 와서
한 남자가
밀항을 하자더군

저 유성호 타고
섬에 들어가
한 달만 살자더군

남자는
다만 평생 살자는 말은
절대로 안 하더군

파우스트처럼
영혼을 팔아서라도
사랑해, 고백했다면

금방 후회할지라도,
그 남자와 당장
떠났을지도 몰라

북항은

예측할 수 없는

불멸의 사랑을 꿈꾸기에

가장 좋은 항구

목포역 블루스

서울 자코메티 한국 특별전 관람 후
늦은 밤, 비 내리는 목포역에 내린다
온몸에 감기는 이난영의 애절한 가락과 바다 짠내

잠깐 정신을 놓았을 뿐인데 다시 목포역이다

더 가고 싶어도 갈 수 없어 멈춰 선 자리
버리고 싶은 날들이 소스라치듯 놀라
하나둘씩 항구의 등불로 켜진다

혼돈과 멀미,
불안한 시선과 고독한 눈빛
돌아올 수밖에 없다는 것은 얼마나 큰 위안이자 형벌인가
부둣가 저편에서 들려오는 눅눅한 목소리에 밀려
나의 발걸음은 제자리를 맴돈다

갈 곳이 없어 헛도는 것은 아니다
뜨겁던 사랑이나 지독한 이별도 물기처럼 사라져
강파르게 마른 채로 쓸쓸히 걸어가는 사람*

아무도 기다리지 않는 역에서
끝내 생활 속으로 들어가지 못하고
나는 비 맞는 비파나무처럼
늦은 시각까지 역 대합실에 서있다

•「걸어가는 사람」: 알베르토 자코메티의 대표 작품.

한 입의 여자*

한 번 붙잡히면 착 달라붙어
좀처럼 떨어지지 않고 감기는 여자
잘못 건드려, 수틀리면 팽 토라져
질퍽한 갯벌에 사나흘 숨어버리는 여자
눈 깜짝할 사이 혓바닥 위에서
입속을 헤집고 다니는 여자
자칫 정신 줄 놓고 즐기다가는
숨통을 틀어막아 목숨까지 바쳐야 하는 여자
만질까 말까 망설이기만 하면
여덟 개의 발가락으로 수작을 걸어오는 여자
힘이 철철 넘쳐 온종일 갯벌을 기어 다니는 여자
가는 허리, 가는 발을 자랑하는 한 입의 여자
힘없는 남자나 병이 나서 죽을 것 같은
사람은 꼭 만나야 하는 여자

무안 갯벌,
세발낙지 여자

* 오규원의 시 「한 잎의 여자」를 변형.

김종삼 시詩 음악회

입춘 전야, 예고 없는 폭설이 내린다
해남 일지암에 눈보라처럼 퍼지는 시와 음악
작은 촛불만으로 더 고요해지는 밤이다
덜덜덜 떨면서 듣는 「드뷔시 산장 부근」
김종삼의 시가 마음의 눈밭에 나무들을 세우고 있다
누구는 고행의 시간이라 하고
누구는 축제의 공간이라 하지만
오늘 밤 안으로 집으로 돌아가야 하는 나는
벗어둔 외투를 입을까 말까 망설인다
그 사이 난로의 장작불은 활활 타오르고
어느새 시를 삼킨 클래식의 소리가
얼어붙은 마음의 빗장을 열고 뛰어다닌다
발뒤꿈치를 무는 음표를 따라
아무 경계 없이 해방을 꿈꾸는 찰나,
덧창문을 거칠게 때리는 바람 소리
상상의 뼈와 살이 흠칫 놀라 시혼으로 부유한다
시선은 자꾸 적설의 시간대를 재며 멈칫대지만
마음은 눈송이처럼 하늘로 솟구치는 밤
쇼스타코비치 왈츠 선율에 실려
끝없이 춤추며 날아오르고 싶은 밤
시마詩魔에 붙잡혀 꼼짝할 수 없는 산사의 밤

그 겨울, 내장산

눈길에 미끄러질까 봐
조심스레 손을 건네는 당신의 얼굴이
꽃보다 붉다고 생각하는 내심을 눈치챘는지
연애는 한다, 사랑은 빠진다 라는 동사가 어울린다고
우스꽝스러운 농담을 하면서
선뜻 내장산 겨울나무가 되어주었지요
당신 얼굴을 스쳐 가는 눈빛이 눈부셨을까요
얼어붙은 산길을 발로 쓸며
이제 곧 다 와간다는 말로 허둥대던 당신,
꿀렁이는 목젖이 잔광 속에
잘 익은 검은 감씨처럼 빛나
나의 눈도 부셔 발밑이 천 길이었지요
첫사랑이었을까요
어지럽던 당신의 얼굴이 환하게 인화되던 순간,
나는 내 얼굴을 보지 못하고
눈썹을 찡그리고 입술을 말아 올렸지요
그게 당신에겐 낙인이었나요
우리는 마른 햇빛 속에 타버린 영혼
까마득한 시간도 거슬러 오르는 연어의 족속
꽁꽁 언 길을 당신 손에 기대 엉금엉금 내려왔지요

아직까지 다 내려오지 못해 당신에게 손을 뻗는

그 겨울, 내장산

강진만 사초리

추석 무렵, 강진만 사초리 선창
잔잔한 바다, 그물에 걸린 전어 떼
사이로 빗방울 떨어진다
속살 드러낸 갯벌 위로 고둥들 꿈틀댄다
아주아주 작은 구멍 집, 물귀신 같은
바퀴벌레 같은 갯강구, 빠르게 사라진다
독살에 갇힌 물고기 들여다본다
움직이는 집 속에 숨어든 칠게
당신이라는 독살에 갇혀 눈을 감는다
여라는 작은 섬으로 당신이 들어온다
한적한 오후 굵은 빗방울 쏟아지는
강진만 사초리 선창,
아기집 같은 아늑한 펄에 갇힌 당신이 웃는다
빗방울, 당신의 속눈썹에 떨어진다

솔릭에 홀릭

100년 만의 기록적인 폭염이다
콩잎도 나뭇잎도 타들어 가고
논바닥 물도 모두 말라붙은 여름
한반도를 강타한다는 솔릭* 소식에
방송도, 학교도, 바다까지도 들썩거린다
마침내 제주 앞바다 상륙 소식에
밤새 태풍을 기다리다 잠을 설친 사람들
낡은 배를 항구에 묶고 솔릭에 홀릭이다

하지만 가난해서 서러운 항구의 밤
일기예보는 어김없이 빗나가고
몇 달째 듣지 못한 빗소리만
저 멀리 진도 남서쪽 바다에 멈춰있다
요란한 솔릭 예보에 홀릭된 사람들만 허탈하다

* 솔릭: 2018년 8월 발생한 19호 태풍.

신정읍사新井邑詞

노래인 줄 모르는 당신이
정읍사가 어디 있는 절이냐고 물었다 한들

당신 마음속에 내가 깃들어 있다면
그게 절이든 가요든 죽음이든
우리 사랑을 노래하는 데에 무슨 상관이 있겠습니까

휘파람 부는 새처럼
한생을 노닥거리며
정읍사로 떠가는 당신과 나의 그림자

어긔야 어강됴리
아으 다롱디리

벚꽃 날리는 봄날,
동쪽 나무 그늘에서
산사춘 한 잔으로 장단 맞추며
아지랑이 이는 대기 속으로 녹아들어 가면

정읍사가

정읍을 노래하는지 부여를 노래하는지 목포를 노래하는지

그게 뭐 그리 중요합니까

울다가도 웃는 대명천지에 우리 함께 있으면 그만이지

어긔야 어강됴리

아으 다롱디리

도원桃原에서 복룡伏龍을 보다[*]

밀물이 현을 켰지요
썰물도 현을 켰어요

당신은 꿈틀거렸나요
발톱을 불끈 쥐고 내밀었나요

바람 불 때마다
큰비 올 때마다
복숭아꽃 진 자리에 서서 날아오르기를
해안선을 박차고 당신이 하늘로 솟구쳐 오르기를 꿈꾸
었지요

푸른 바다를 누르고
한없이 열린 허공의 길을 따라 유달산을 넘으면,
자유롭나요
달아오른 나의 눈길에 사나운 숨결을 훅 끼치는 당신,
꿈꾸는 열네 살

대박산 어둠에 가려 집으로 돌아가기까지
당신과 나의 눈 맞춤 놀이는 끝이 없었지요

늘 그만큼의 거리로 출렁였지요

가닿고 싶은 하늘
가닿고 싶은 시간
엎드린 당신은 언제 소용돌이치며 나한테로 날아올 건
가요

* 도원은 무안에 있는 마을 이름이고, 복룡은 도원에서 바다 건너로
바라다보이는 압해도 해안가 마을 이름이다.

복룡伏龍에서 도원桃原을 보다

오래전에는 도원에서 복룡을 보았지
압해도 복룡에서 도원을 본다

물끄러미 밀물과 썰물을 지켜본다
하늘을 지르는 대교에 막혀 바다는 크게 울지 못하고 있다

도원에서 멀리 보였던 불빛은 신기루였던가
당신의 눈빛을 지우며
굴곡진 시간들이 밀려온다

나는 어디에 서있나

복룡의 등허리쯤일까
바닷속에서 파도의 거품을 물고
당신의 등 위를 나는 날치

날개 없이 헤맨 겨드랑이 사이로 바람이 인다
당신에게서 불어오기를 바랐던 그 바람
하지만 바람은 도원에서 복룡으로 불고 있다

복룡에 와서 다시 보니

당신은 내가 떠나온 도원, 거기

복숭아 꽃물에 젖어 잠든 내 머리맡에 있다

전등사

강화도 전등사에서
마니 사진전 '없다'를 본다
흑백사진 위로 한 무리의 안개
한 무더기의 빗방울이 흘러간다

제목도 없다
색감도 없다
얼굴도 없다

무념무상 무아의 경지로
용맹정진하려는데
어디서 왔는지 모를 초등학생 남자아이가
나지막이 '재미도 없다' 한다

순간, 고요는 허물어지고
문틈으로 스며드는 가느다란 빛
꿈틀 살아나는 음영들
나 여기 있다고 소리치는 듯한
환청 속에

색도 없고

말도 없어서

재미도 없는

마니 사진전 '없다'가 여기 있다

나는 식당의 교수다

우리 집 앞의 신청호시장 안
청호식당 사장 언니는
충청도에서 시집왔는데도 전라도 사람보다
더 맵찬 음식과 토종 사투리로 밥장사를 한다
청호시장 문이 거의 닫힐 무렵,
언니도 얼른 와서 한잔 마셔브러
그럴끄나 아따 나도 모르것따아
안주 다 퍼주고 술도 마구 퍼주고
웃음도 쌀밥처럼 고봉으로 퍼주는 언니
가끔, 술 생각나는 저녁이면
강의실 밖 수업이 언니네 식당으로 연장돼
때론 열띤 토론으로 이어지기도 하는데
시가 뭔지, 사는 게 뭔지,
이 식당에선 아무리 억지 부려도
별난 사람들이 와서 큰소리를 쳐도
나는 이 식당의 교수다
주인 언니 한마디에 모두 무장해제다
턱수염 근엄한 교수님마저도 그저 허허허,
연구방법론도, 포스트모더니즘도 그만
갈 길을 모른 채 배꼽 빠지게 웃고 있다

외달도에서 내달도를 만나다

목포항이 눈앞에서 멀어져 간다

신진페리호, 외달도, 하얀 등대
반딧불이처럼 환한 불빛 되었다가
먹장처럼 막막해지는 바다
해안선에 피어난 해당화 꽃향기
떠난 사람 생각에 울었던 밤이 생각난다

외달도에 와서 내달도를 들여다본다
사랑이 떠나간 자리에
파도 소리가 앉는다
해조음海潮音에 쓸려 가는 쓰라린 것들

오래전 사랑을 꺼내 다시 묻는다
너는 아직도 잠에서 덜 깨었느냐?

외달도에서 다시 내달도를 만난다
사랑이 내 안에 늘 피어있음을 본다

* 목포 앞바다 외달도는 '사랑의 섬'이라는 별칭을 갖고 있다.

다시, 순천만

그해 늦가을,
김승옥 문학관 앞에 서있던 수양버들은
미친 여자 머리카락처럼 하늘로 솟구쳐 휘날렸다
한 남자는 낮술에 취해 '어제 내린 비'를 불렀다
한 여자는 새 한 마리가 죽으면 꼬막이 된다는 말과
갈매기 똥들이 물고기가 된다는 전설을 떠올렸다
새와 꼬막은 한자리에서 태어났을지도 몰라
그것들은 끝내 물고기가 되어 바다로 나갔을지 몰라
한 남자는 아랑곳하지 않은 채 노래를 이어갔고,
부끄럼처럼 가락을 잘 타지 못하는 여자는
갈대꽃처럼 흩어지는 웃음을 바람에 내맡겼다
은회색 빛으로 환히 켜지는 순천만,
무진기행의 안개는 온데간데없지만
여우 꼬리 같은 햇살 속에 갈대꽃이 수런댔다

제2부

파이프를 물고 있는 자화상[*]

　귀를 자른들 고통이 들리지 않겠는가 그의 푸른 눈에 자꾸 빠져든다 노란 해바라기를 바라보고 있노라면 노란 전율이 일어난다 가난한 화가 고흐가 자신의 귀를 자른다 이제 파이프를 물고 귀를 붕대에 칭칭 감은 채, 꼭 다문 입술과 침울한 표정, 어딘가를 깊게 응시하는 눈빛의 자화상, 가만히 있으면 화난 것 같기도 한 얼굴. 파이프를 문 채 웃는 연습이라도 하고 있는 것일까? 습작실, 내 얼굴을 만진 기억이 희미하다 내 얼굴에서 무엇인가 빠져나간 것이 분명하다

• 「파이프를 물고 있는 자화상」: 고흐의 그림 제목.

화포花浦

어둠을 밀어내고 꽃이 핀다
남해 별량만에
새해의 햇빛이 붉은 윤슬을 주단으로 깔며 달려온다

하늘엔 아직 해가 바뀐 줄 모르고
여우 눈 몇 송이 햇살 자락에 매달려 싸락거린다
포구 아낙들이 드럼통 난로를 안고 석화를 깐다
해안선을 지키는 봉화산 치마 끝자락
연안延安 차씨 문중의 무덤들도 해바라기한다

바다가 스스로 깊어지는 곳
화포 방게들이 가까스로 바닷물을 끌고 와
뻘밭 가득 밀물 들게 하면
고양이도 차오르는 한낮의 침묵에 바다를 향해 털을 세운다

살아있다면 그 누군들 찾아오지 않으랴
여수에서 와온, 순천만을 거쳐
또는 고흥에서 벌교 해안을 짚어
남도의 한가운데
도보 순례자들이 한마음으로 만나는 화포

한 해의 지친 영혼을 쓸고 보듬어 일으키는 곳

꽃 중의 꽃, 화포 바다에선
겨울 숭어도 아낙의 손길을 거쳐 장미꽃 회로 변신한다
화포, 그 그리운 영혼의 바다

겨울, 와온 바다

헐벗어야 보이는 것이 있다

썰물 진 겨울, 와온 바다
비바람에 내몰려 폐선들이 한쪽에 처박혀 있다
켜켜이 드러난 황량한 뻘의 무늬
붉게 물들어 떨어지던 해는 보이지 않는다

사랑이 끝난 자리는 폐허다*

바람의 심장을 찌르며 방파제로 걷는다
우산살이 휘어지고 휘청거리는 다리
바다는 상처투성이 역사를 뻘밭에 새기고 있다
한때, 우리가 바라보던 바다가 아니다

쇠한 마음의 끝을 비바람이 흔든다
언약의 시간이 깨어져서야
검은 뻘밭으로 드러나는 당신과 나의 사랑
우리 사랑은 물의 지문이었던가

내 사랑은 이제 비구름 뒤의 일몰이다

* 황지우의 시 「뼈아픈 후회」 참조.

시詩의 힘

가짜와 진짜를 구분 못 하고
진짜 같은 가짜들 속에서
한 번도 진짜가 아닌 것 같은
작고 초라한 나는
한 가닥 남은
사랑조차도 가짜라고 생각할 때
시詩만이 위로가 될 때가 있다

진짜 대신 들어찬 젖은 맘에
온몸을 뜨겁게 달구는 가짜의 바람
그러나 나를 다시 살게 하는 것은
가짜가 진짜가 되는 길
그것은 시詩만이 할 수 있어
시詩를 나의 유일한 친구라 생각할 때가 있다

쓰고 또 쓴다

율포 등대로 가는 새벽 3시,
머리카락이 입안으로 들어와 목을 조른다
소금기 밴 바닷물이 출렁이며 튄다
날 선 모래바람이 얼굴을 할퀴고
밤바람이 바다로 끌고 들어갈 기세다
그러나 이 밤에 내가 꿈꾸는 것은
검은 바다를 헤엄쳐 가는 것이 아니다
모래알 같은 단어들로 문장을 만들고
울부짖는 바람의 말들을 모아
그 무언가를 밤바다에 전하려는 것
몇 년째 쓰지 않아도 불안하고,
행여 쓰고 있어도 불안한 율포의 밤
쓴 소주가 달달해지는 밤의 물결 위에
나는 다시 무언가를 쓰고 또 쓰고 있다

시詩가 오지 않는 날들

매일이 축제처럼 시끄럽다
흘러가는 것들이 무엇인지 의식하지 못한 채
주섬주섬 먹어치우는 우발적인 쾌락과
쏟아지는 벌건 눈들과
보잘것없는 것들 앞에 대책 없이 서있다
그래도 축제는 뜨거운 가마솥처럼 끓어오르고
저절로 붉어진 제 얼굴 어쩌지 못해 벌레처럼 작아져 있는 나
한 생애의 문장을 펼쳐놓고
예고 없이 다가오는 폭풍 앞에 서있다
시詩가 오지 않으면 벼락이라도 맞을 기세로
모든 걸 다 데려갈 듯 빗발치는 폭우를
온몸으로 맞으며 미친 듯이 춤을 추고 있다

당신은 당신에게서 이탈한 당신
—당신 자신과 당신의 것[*]

저를 아세요?

술을 마시지 말라고요?

술 마시지 않기로 했잖아

내가 언제 술을 마셨다고 그래요?

마셨잖아 네가

안 마셨어요

이번엔 또 누가 그래요?

왜 연락이 안 되니

망가지는 것 같아 얼른 연락해 줘

민정 씨 아니에요?

아닌데요 저를 아세요?

아, 제가 쌍둥이거든요

우리 사랑할까요?

사랑을 하고 있으니 좋아요

배고프죠? 수박 먹어요 맛있죠?

우리 이제 싸우지 말아요

이렇게 사랑해요

술 좀 마시면 어때요?

술은 왜 마시면 안 되는 거죠?

당신은 당신을 기억하지 못하고

당신은 당신이 누구인지 모르고

당신은 당신이 지금 무슨 말을 하는지 모른다

당신은 당신에게서 이탈한 당신

당신은 날마다 다른 당신으로 변신한다

* 홍상수 감독의 영화 「당신 자신과 당신의 것」 참고.

때로는 너무 다른 기억

예상치 못한 안갯속으로 들어온 듯
낯익은 것이 낯선 것으로 떠돌았다
우리의 기억은 때로는 서로 너무 달라서
당신은 누구세요 라고 말하듯
한 점의 기척도 없는 눈빛에 당혹스러웠다
우린 16년 전 함께 YWCA에서 동화 구연을 배웠다
아이를 데리고 그녀의 집을 방문하기도 하였다
헤어진 후 간헐적으로 그녀의 소식을 들었다
다시 만난 1년 동안 지난 기억을 말하지 않았다
낯선 이방인처럼 나와 그녀는 서로를 바라보기만 하였다
그녀가 기억하지 못하니 서로라고 말하는 것도 옳지 않았다
자기만의 시간표 속에서 누에고치가 되어
주어진 어둠만 묵묵히 삭혔던 것이었을까
그녀에게서 천연 아로마 향이 은은히 났다
달빛 받은 찻잔에 반짝 미소가 흘렀다
여전한 것이 달라진 대기 속에 번졌지만
때로는 우리의 기억이 달라야 함을
보여 주기라도 하듯
그녀는 내일을 이야기했고, 나는 어제를 이야기했다

16년 만에 다시 만나 쌓는 1년의 오늘도
낯설면서도 낯익은 서로 다른 기억의 재료가 되었다

오래 내 그림자와 놀았다

문득, 이 세상에 없는
언니가 생각나는 날들이 있었다

몇 달 조용하다 싶으면
어느 날 짐 싸들고 훌쩍, 떠났다가
겨우 무심히 지낼 만하면
무슨 일 있었어? 하곤
귀신처럼 다시 나타나던 언니

분명 내 피에도 언니가 숨어있는데
난 소심한 악마라 그럴 수는 없었다

고장난 괘종시계처럼 멈춰있거나
아님, 날개가 퇴화한 집닭처럼
닭장 같은 우리를 뱅뱅 돌며 연명했다

목포 앞바다 갓바위 출렁다리를
파도와 혼자 걷는 시간,
언니처럼 어디론가 쉽게 떠났다가

쉽게 돌아오지 못할 것 같아
오래 내 그림자와 놀았다

먹장구름 천지였다

길 위에서 길을 잃었다
한참을 앞만 보고 걸었다
길 뒤통수에서 뱅그르르 도는 하늘
휘청거리는 발걸음
흔들리는 눈동자
콘택트렌즈마저 눈 안에서 길을 잃었다
다크서클이 눈까풀로 매달렸다
한 사람을 잃어버린 후
층층이 무너져 내린 하늘
긴 울음 끝에 꽃도 흘러내렸다
낯선 꿈이 다리를 절며 맨발로 왔다
어둠을 밀치고 새벽이 오고 있지만
길은 길 위에서 무너졌다
내 꿈이 떠난 자리는 먹장구름 천지였다

고요한 집중

정처 없어 쓸쓸하다
채 삼키지 못한 조개 국물을 입에 머금고
순천 와온을 지나
여자만 해안 길을 달린다

노을을 보기에는 아직 이른 시각,
썰물 진 뻘밭에
흰 두루미 한 마리
한 다리를 들고 갯바닥을 내려다보고 있다
고요한 집중
무서운 응시

대책 없이 늙어가는 나를 비웃는 듯
팽팽한 긴장이 거품 이는 뻘밭에 흐른다

무엇을 가져온 것일까
집으로 돌아온 그 밤,
낮은 수면의 꿈속에서
자꾸 이 사이로 씹히는 조갯살
내 입이 부리가 되어 어둠을 쪼아댄다

무궁화호

1404 무궁화호 기차를 탄다
완행버스보다 직행이 빠르고
일반 좌석보다 우등 좌석이 편하지만
가끔 우등 버스가 아닌, KTX도 아닌
느리게 덜커덕거리며
천천히 가는 기차가 편할 때가 있다
일로, 몽탄, 함평, 다시, 나주, 송정,
낯익은 역에 헐레벌떡 뛰어와
겨우 매무새를 바로잡는 생의 반점
멈춰 서야 비로소 보이는 생의 선로
나는 여전히 멈추지 않는 미래를 꿈꾸지만
느리게 덜컥거려야 보이는
미래가 있다 그런 기억이 있다
무궁화호가 자꾸 멈춰
내 뒷모습을 훔쳐보고 있다

만추

한 방울 빗방울이
한 무리의 소나기로 몰려다니다가
단 한 사람을 만나
오색 빛깔로 물드는 날

달빛 낚시

중복 날 목포대교 아래
유달산 일등바위 그림자
먼저 내려와
달빛 윤슬을 끌어안고 출렁이네
좀처럼 고기는 물지 않고
그새 기다림에 지친 사람들
삼학도를 끌어안은 고하도를 향해
흘깃 눈길을 돌리네

어디서 왔는지 모를 길고양이도
바위에 걸터앉아 감기는 눈빛으로
항구의 노래를 듣는 밤
고하도 용머리에 흰 달빛만
캄캄한 바다 위로 물결쳐 가고
하룻밤 강태공 흉내 낸 우리는
빈 낚싯대만 끌어 올리네
환한 달빛만 낚아 올리네

파주

    파주, 무작정 약속 없이 일곱 시간을 기다려본 적이 있
다. 일곱 번 시외버스를 갈아타고 도착한 후 해가 질 때까
지, 하지만 그는 애인과 외출 중이었고, 그날 밤 끝내 위병
소로 귀대하지 않았다

    지금 이 세상에 없는 내 첫사랑, 파주는 아직도 아린 저녁
우단동자꽃 같은 스물세 살 기억으로 면회 중이다

제3부

덕자*

술 한잔 걸치고 자정 넘어 돌아온 강 씨에게
다짜고짜 어디서 뭐하고 왔냐고 강짜를 부리자

덕자 먹었는데 맛도 하나도 없더라

뭐라고? 덕자를 먹었다고?
어떻게 그런 말을 그렇게 쉽게 해?

나 혼자 먹은 게 아니고 다 같이 먹었어

덕자 년이 당신들 밥이야? 왜 같이 먹어?

마누라, 덕자는 말이야
여자가 아니고 생선 이름이야

아, 뭔 생선 이름이 그런 게 다 있어?

그러면 저녁을 먹고 온다고 말을 해야지
덕자 때문에 괜한 당신만 잡았잖아

* 덕자는 큰 병어를 가리키는 전라도 해안가 사투리다.

봉순이 타령

치매로 엄마의 어린아이가 된 82살 아버지는

아버지의 어머니가 된 71살 엄마에게 수가 틀리거나 자기 뜻대로 되지 않으면

"내가 저 원수 땜에 봉순이랑 살지도 못하고 힘들어 죽것어!"

하고 말한다 그럼 엄마 왈, 아버지 왈

"뭔 소리요 누가 원수인지 모르것네 지금이라도 봉순이 년 따라가서 사쑈"

"봉순이가 열여섯 살 때 살자고 했었는디 내가 평생을 저 원수랑 살고 있네"

"오메 나도 자은에서는 어따 내놔도 잘살 수 있다고 다들 그랬단 말이요 염병헐, 병원에도 안 보내고 건사허느라 힘들어 죽것구만, 날마다 봉순이 타령이네"

그때 아버지 엄마의 실랑이를 듣고 있다가 43살의 아들

도 한마디 던진다

"아따, 봉순이가 그라고 이뻤쏘? 아부지"

"그랬제! 겁나게 이쁘고 좋았제"

겁나게 이쁘고 좋았다는 아버지의 16살 봉순이를 71살
엄마는 아직도 질투 중이다

관리받는 여자 1
—김달진 문학관

나는 아직 집에서 관리받는 여자다

일박의 여행이 어려워 두 달 전부터 궁리다
출장 공문을 써볼까
사십 명이 대형 버스로 떠나는 문학 기행이라 둘러댈까
경남 시인들 초청으로 지인들 넷과 떠나는 일박 여행
출발하는 날까지 말을 못해 마음이 가시방석이다

여보, 마산인데 목포행 막차 떠났다 내일 일찍 갈게요
대답이 없다, 화를 내든 말든, 말은 던져놓고 짐을 푼다

다음 날, 진해 김달진 문학관
잘 가지치기된 청매가 하얀 꽃을 피우고 있다
관리받아 더 단정해 보이는 청매
여보, 아직 진해야 한 군데 더 둘러보고 출발할게
아직 대답이 없다
혹, 현관문 안 열어주는 건 아니겠지
전화로는 말 못 하고 카톡만 들여다본다

일행들은 물정 모르고 꽃처럼 환하게 웃고 있다

저들은 관리받아 웃는 걸까
관리받지 않아 웃는 걸까
그래, 자기야 나 왔어 하며
씨익 웃고 집에 들어서면 어쩔 건데

막무가내가 최고라고 고개를 끄덕이는 사이
매화 가지를 차고 참새가 난다
내 겨드랑이도 날개가 돋는지 가려워진다

관리받는 여자 2
—이중섭 가족

몸이 아프다 집이 뜨겁다

당신이 보내주지 않는다면
어쩔 수 없이 가출을 할 수밖에 없다
제주도 다녀올게
도망치듯 목포항을 떠난다

서귀포에서 바라보는 바다는 무심이다
마음을 휘도는 청신함 그리고 적막감
파랑 속에서 잠시 떠도는 부표처럼 첨벙거린다

이중섭 거리의 길고양이는
꼬질꼬질한 채로 도도하다
비좁은 방에서 웃음소리가 터져 나온다
꿈틀대는 게 그림 속의 이중섭 가족들
눈길을 붙잡는 가족이란 이름의 환한 그늘
얼마나 절박한 끌림이냐

마음을 다 내려놓지 못했는지
제주 바다가 들끓는다

일몰 속에 구속이라는 형벌의 시간이 당겨지고 있다

그 어디에도 마음 둘 수 없는 짧은 가출

에쎄 프라임 4.5

제주항에서 에쎄 프라임 4.5를 산다
여행을 끝낸 후 남편에게 줄 선물이다
하지만 화장대 위에 올려놓은 지 일주일째,
좋아할 거라고 생각한 담배는 그대로다
화가 많이 났는지 담배 연기 같은
한숨만 푹푹 내쉰다

20년 동안 뭘 본 거니?
내가 피운 담배는 이게 아니야
난 THE ONE 0.5
에쎄 프라임 4.5와 THE ONE 0.5는
뭐가 다를까?

아무리 설명해도 알 수 없는 일
나도 담배 한 대 피워 볼까?

병어와 우럭

대입 수능이 끝나고
설날 무렵 이마트 생선 코너에서
아르바이트한 아들

여동생이 말을 안 듣고
오빠에게 까불자 조용한 목소리로
"야, 너 병어 얼굴 같아!"

듣고 있던 나도 아들 편에 서서
"눈 작고 입이 작으니까
진짜 소현이 병어 닮았어!"

그 말에 여동생이 화를 버럭 내자
가만히 듣고 있던 아들의 한마디
"엄마는 우락부락한 우럭 닮았어!"

강 씨의 담배 사랑

내가 화장을 할 때마다
강씨는 내 옆에 앉아 담배를 피운다

혹시, 내가 빨리 죽기를 바라는 거야?
요즘 누가 집에서 담배를 피우나
왜 내 얼굴에 담배 연기를 날리느냐고?

금방 죽으려면 계속 담배를 피우라고
엄포 아닌 엄포를 놓는다

하지만 강 씨는 아주 태연하게
좋아하는 담배 피우다 살 만큼만 살다 죽을 테니
너는 천년만년 재밌게 살다 와라 한다

그러면 나도 담배를 피우겠다 협박을 하니
너를 끊지, 담배는 못 끊는다는 대답이다

협박도 안 통하는 강 씨의 담배 사랑

중독

경애야, 오늘도 술 마셨냐?
아닌데 안 마셨는데
뭣을 안 마셔야?
술 냄새가 나는데
어, 안 마셨는데 진짜 안 마셨는데
봐라 봐라 니 엄마, 또 이상한 소리 한다
아, 진짜 안 마셨는데

엄마, 술 마셨고만

경애야, 술 좀 작작 마셔라
경애야, 너 알코올중독이야

아닌데, 그냥 기분 좋은 건데

‘C’ 그리고 ‘ㅇㅂ’

강 씨는
주말이면 대부분 집에서 지내는데
난 늘 어디로 튀어볼까 궁리다

강 씨에게 문자가 온다
‘차 어디 있어?’
‘해양수산청 주차장’
돌아오는 답은 ‘C’다
산행을 마치고 주차장에 왔는데 차가 없다
‘아 C’

강 씨는
요즘 저녁을 먹자마자 골프 연습장에 간다
나는 일주일에 두세 번은 낯선 곳에 있다
오늘은 모 교수님 정년퇴직 출판기념회에 왔다

‘경애야, 어디 있어? 밥 줘!’
‘나 지금 집에 갈 수 없어 광주야, 혼자 밥 먹어’

돌아오는 답은 ‘ㅇㅂ’다

'ㅇㅂ'가 뭘까?

한참 골똘히 생각하다

'염병!'

맨드라미 명자 씨

그 섬의 맨드라미 명자 씨
갯벌을 헤쳐 한 세월 감는다

떠나지도 버리지도 못하는 진창길
조그마한 숨구멍을 내고 낙지처럼 산다
선지피처럼 꺼멓게 탄 맨드라미
길바닥까지 올라온 따개비 얼굴로 산다

평상에 앉아 소라를 다듬을 때
'흑산도 아가씨'는 잘 돌아간다
잎새주 한 잔에 풀어진 가락은
오늘도 담을 넘어 저무는 갯벌로 빨려 든다

담벼락에 외등이 켜지면
무화과나무에 내려앉은 초저녁 별이
뽀글뽀글 거품 무는 바지락을 은하수 저편에 풀어놓는다
하늘도 땅도 숨을 쉬며 제 몸을 추스르는 시간,

맨드라미가 꽃대를 한층 밀어 올리듯

자은도 명자 씨 이제야 움츠린 허리를 펴며
소금에 절인 아귀처럼 방에 든다

꽃과 비둘기[*]

기욤 아폴리네르의 연인,
마리 로랑생이 꽃과 비둘기를 그릴 때
열애를 하고 있었을까
세계는 경제 공황에 빠졌고
이별은 언제나 고통스러웠으며
전쟁과 죽음은 참혹했을 그 시대,
뜨겁지 않고 무엇을 얻을 수 있겠는가
난 그 마리 로랑생과 마주쳐야
미래가 열린다는 무언의 암시를 좇아
훌쩍 목포를 떠나갔다가
어느 저녁, 다시 집에 돌아와
비둘기 닮은 닭 한 마리에
빨간 당근, 하얀 감자, 파란 피망을 넣어
맛있는 닭볶음탕을 만들고
식탁에는 꽃병을 놓아둔 적이 있다
그때, 닭볶음탕은 뜨거웠다

* 「꽃과 비둘기」: 마리 로랑생의 그림.

인연

만연사 뜰에 다정히 뒹굴며
엉켜 붙어있는 저 흰 개와 검은 개
어찌할 수 없는 저 개들이
사람보다 더 아름답게 보이는 오후,

사람이 사랑에 빠지는 건
번개 맞는 확률과도 같다더군
서로 번개를 맞지 않으면
어찌 불꽃이 튀겠어

신도 어찌할 수 없는 그 일
사람과 개에게도
공평히 벌어지는 저 거룩한 일

국화빵

너는 담장 모서리에 피어있었다

찬바람이 불어오기 시작하면
포장마차 불빛 속에서
너는 여리고도 윤기 나는 자태를 드러냈다

골목 어귀에서부터 풍겨오는 너의 향기는
지친 나의 몸과 정신을 아득하게 했다

너를 한 아름 안았을 때
세상의 모든 기쁨과 행운이
나에게 깃드는 걸 느꼈다

세월이 흘러 이제 상가 끝자락
형광 불빛 아래에서
길을 걷는 행인의
쓸쓸한 허기를
달콤한 향과 색으로 유혹하는 너

국

화

빵

！

목숨

선박 회사 노동자의 아내로 산 지 스무 해
조간신문에 실린 어찌할 수 없는 죽음 앞에서
그저 뒤집힌 비닐우산처럼 먹먹하기만 하다
세계 랭킹 1위 독일을 물리친
대한민국 축구의 기쁨도 잠시
쌍용자동차 40대 해고 노동자 30번째 자살 소식,
한 가정의 가장을 저리 죽음으로 내몬 일을
어찌 납득하고 해명할 수 있을까
무슨 진실이 그리 아득하고 절박해서
스스로의 목숨마저 내건 것일까
아무 말도 건넬 수 없고,
어떤 위로로도 달랠 수 없는 아침
출근하는 선박 건조 노동자인 남편 등을 보다가
나에게도 그런 일이 일어날까 봐
가슴이 덜컥, 울컥하는 마음에 식은땀이 난다

커트라인 미용실 풍경

지난번 커트라인 미용실에 왔을 때
원장은 누구한테 사기를 당했는지
전화기에 대고 시발 시발, 욕을 하고 있었다

오늘은 엄마 같은 늙은 언니들이
다섯 명이 있어서 그런지 화기애애하다
한 언니가 뜬금없이 원장님한테 인사를 한다
"미용사로 있어줘서 고맙쏘오"
그러자 지금까지 살면서 이런 칭찬 처음이라며
"아이고, 언니가 우리 미용실에 와서 더 고맙쏘오"
대기하고 있던 늙은 언니들 다 같이 한마디 거든다
"오메, 뭔 말을 그라고 이쁘게 해븐다요 배워야 쓰것네"

집에 오자마자 남편에게 이렇게 말했다
"어제 화장실 청소 반짝반짝하게 해줘서 고맙쏘오"
"내가 시집 잘 온 것 같아, 꼭 옆에 붙어있을게"

동네 미용실에서 귀동냥한 말을 써먹으면서
난 죽을 때까지 화장실 청소를 해달라고 말해야지 생각하니
그냥 피식, 웃음이 흘러나왔다
말이 사람을 움직이게 하는 풍경이었다

제4부

블랙코미디

스물다섯에 죽은 옛사랑을 생각하며
익산에 와 한참 울고 있는데
기차가 연착되었다는 안내 방송이 나오고
연이어 기찻삯을 돌려달라고 술 취한
중년의 사내가 고래고래 소리를 지른다
옆자리에 앉아 자다 깬 청년이
내려야 할 역을 놓쳤는지
계속 스마트폰을 향해
"다음 역이 어디예요? 다음 역이 어디예요?"
묻다가 그 응답이 시원찮은지
안절부절못하고 어딘가로 전화를 건다

익산역보다 이리역이 더 익숙한 익산역,
"여기가 어딘지 모르겠어! 여기가 어디지?"
중얼거리며 난 얼룩진 눈 화장을 고친다

임무가 뭐지?

내 임무는 종이컵에 콩을 집어넣는 것이다 여러 개를 한 꺼번에 넣으면 안 된다 한 컵에 딱 한 개씩만 넣어야 한다 남들은 잘도 집어넣는데, 나는 도무지 잘 안 된다 자기 컵 에 콩을 집어넣느라 분주한 사람들 곁에서 나는 컵 안에 콩 이 들어가지 않아 안절부절못하고 있다 누군가 도와줄 사람 이 있나 주변을 두리번거려 봤지만, 모두들 자기 컵에 콩을 집어넣느라 정신이 없다 자기 콩 줍기에 빠져 나 따위는 신 경조차 쓰지 않는다

한창 골프에 빠진 선생이 나를 한심하게 바라본다 종이컵 에 콩 넣기, 그까짓 거 아무것도 아니라는 눈빛이다 커다란 축구공을 차지 못해 연신 헛발질을 해대는 나는 작은 종이 컵에 콩 한 알을 받아내기란 죽는 것만큼이나 쉽지 않다 흙 먼지만 뒤집어쓴 컵을 바라보는 것은 절망적이다

그새 망가진 컵도 버리지 못하고 집으로 돌아오다 콩밭 에 앉아있다 종이컵에 콩을 넣지 못했다고 누군가 쫓아온 다 울지 않겠다고 버틴다 그러나 알 수 없는 설움이 심장 을 찌른다

어느새 죽은 언니가 옆에서 울고 있다 언니, 컵에 콩 넣기
가 정말 힘들어 집에 가기가 쉽지 않아 사람들이 쫓아온다
콩밭에 주저앉아 있다 사람들이 촛불을 들고 있다 하나둘씩
모여들더니 커다란 횃불이 되자 엉거주춤 나도 따라나선다

기차 소리가 들린다 긴 복도 끝으로 퍼지는 소리를 따라
달린다 기차 꼬리가 멀어진다 혼자 멀리 나와 있다 나는 아
직도 빈 컵을 들고 있다

어느 봄날

대반동의 이면도로 담장 밑 공터
제비꽃, 냉이꽃, 광대나물꽃, 꽃마리,
새끼손톱보다 작은 흰 개별꽃
난데없는 부고에
서로 얼굴 맞대어 본다
내 어딘가에서 이미 번져가는
눈물 같은 봄비 쏟아지는 벚꽃 터널,
땅바닥에서 도로 피어난 붉은 동백꽃
일찍 출발해서 온 창녀 같은 목련꽃들이
서로를 외면한 채 시간을 물어도
고개 돌린 채 묵묵부답이다
하염없이 피고 지는 꽃들이
유난히 예뻐 보여 마음이 더 불안한

미래도 죽음도 황홀해지는 어느 봄날

칸나꽃, 김현미

얼마나 많은 침묵과 외로움에 타고 있었을까

세월호 규탄 집회에서
첫 자작시를 써서 낭독했던 사람
참교육학부모회 토론장에서
열렬하게 올바름을 말하던 사람
내 첫 시집 『가족사진』의 독자가 되어
비판과 애정을 아끼지 않았던 사람
누구라도 덩달아 뜨거워지지 않으면
꼿꼿이 홀로 서서 매운 향기를 품어내던 사람

불꽃처럼 한생을 사르고
어느 날 길바닥에 쓰러져 버린
붉디붉은 칸나꽃 한 송이
천명을 알 때가 되자마자 하늘로 돌아가 버린
쉰하나, 고故 김현미

여름 한낮,
유달산 달선각達仙閣 앞
붉은 칸나를 보면
나도 온몸이 불덩이가 된다

절실, 그리고 한 사람

절실함이 없이는 절박함도 없을 것이다
절실함 때문에 차가운 새벽길을 나서 우유를 돌린다
절실함 때문에 죽음을 무릅쓰고 히말라야산맥을 오른다
절실함 때문에 모두 잠든 밤, 무릎 꿇어 기도를 올린다
불안을 동반하는 절실함이야말로
긴장의 끈을 놓지 않게 하는 힘

그녀는 절실함으로 다가온 사람이다
그렇기에 늘 불안했고 우울하였다
'절실'이 무너진 자리에 허무가 앉고 늙음이 찾아왔다
우리는 그것을 눈치채지 못했다
불쑥 그녀에게 찾아든 죽음
언제 내게도 찾아올지 모르는 죽음이라는 손님
매일 분주히 뛰어다니느라 그 손님을 까맣게 잊고 산다
속수무책으로 눈물 흘리는 순간도 잠시,
돌아선 직후 어리석게도 그 절실함을 잊는다

한 사람이 누군가의 가슴을 스치고 지나갔고
가끔 아주 가끔씩 그 사람을 떠올려보는 일이 있다
절실하게 한 사람이 생각나는 아픈 저녁이다

가장 슬픈 낮술

"너도 술 좋아하냐?"

금강산 이산가족 상봉 행사 마지막 날

아흔한 살인 남쪽 이기순 할아버지, 북쪽 아들과 소주 대작

"나 가짜 아버지 아니야, 너 아버지 있어"

"오래 사시라요. 그래야 또 만나죠"

어느 부자의 처음이자 마지막인 낮술

가장 아프고 뜨거운 이별주

* 2018년 8월 22일 《한겨레신문》 내용 참조.

'사람'을 노래한 시인

때마침 폭탄 같은 폭설과
첫 매화꽃 소식이 한꺼번에 밀려온 제주
바다도 파랑 간판도 파랑 탁자도 파랑 사람도 파랑
술도 파랑 파랑이 펄럭거리는 제주 바다
어디에도 없는 집을 찾아 나선 사람
단 한 번의 사랑이 다시 찾아온다면
이제 더 바랄 것이 없겠다는,
늙은 시인의 말이 적요하다
그 순간 누구는 눈을 반짝이고
또 누구는 이해할 수 없다고 고개를 떨군다
서쪽이 가까워진 절규 같은 눈빛은
고고하게 날 선 길고양이,
시인의 자존은 아직 형형히 빛난다

난 시인의 솔직한 고백을 응원하는 편이다

배롱나무 춤

뭉게구름 속에 숨었던 햇빛이
서산으로 흘러가고
때 이른 저녁 이내가 머리채를 풀며
노을을 등지고 내려오는 시간

타오르지 않고는 설 수 없다
충혈되지 않고는 볼 수 없다

제 몸의 신열로 뒤트는 배롱나무꽃
발꿈치를 세우고 하늘로 오르는 붉은 춤
생의 진액이 흐른다
온몸을 떨어대며 머리를 뒤집는다

모든 것은 잔광 속으로 녹아든다
가 닿을 수 없는 몸짓으로
제 안의 죽음마저 태워버리려는,
서해 일몰에 붙잡혀 일렁이는 배롱나무 춤

내 안의 반란

가시밭 같은 문학판,
얼마나 더 고독하고 침잠해야
제대로 된 글을 쓸 수 있을까?
변방의 시인이라 속으로 징징거린다
서울에 올라갔다 내려오면 더 이런 생각이 든다

십여 년이 넘도록 서울 문인 친구 한 명
제대로 사귀지 못한 소심한 나,
괜찮다 괜찮다 스스로 위로해 보지만
대상도 없이 혼자 상처받고 우울해진다

세밑 동향 시인의 시상식 축하를 위해 서울에 갔다
이제 좀 낯익은 사람이 생겼겠지
생각한 것이 착각이었다는 걸 알았다
서울은 망망한 바다
나만 외로운 섬처럼 덩그러니 떠있었다

집으로 돌아오는 길이 멀어 일찍 일어섰다
무언지 아쉽고 한 귀퉁이 바람이 불어
유리컵 한 개를 깨고 왔다

소심한 나를 대신해 슬쩍 술잔을 밀쳐 버린 코트 자락,
심술의 흔적을 새기고야 마는 내 안의 반란

자꾸 침잠하는 소리,
그래도 마음에 등불을 켠다
밝은 그늘 속으로 얼비치는 나의 핼쑥한 얼굴
나는 더 오래 나와 친구가 되기로 마음먹었다

기억을 지운다

가슴에 물이 차올라 있다
맥없는 손끝에 붙어있는 전화번호가 무겁다
의지와는 상관없이 한없이 끌려들어 가는 나
새벽, 전화번호를 지운다

오래 질척이는 감정에서 벗어나기 위해
낙인 같던 얼굴을 지운다
누구의 울음을 울어주기에는
생이 다한 배처럼 삭기만 기다리는
내 아픔이 더 크고 붉다

같이 걸었던 소등섬의 해안 길을 지운다
함께 보았던 와온 바다 일몰을 지운다

누군가를 떠나보내는 게 쉬운 일은 아니다
먹먹한 날들 더 이상 품을 수 없어,
따뜻했던 손길을 지운다
귓가를 찰랑이던 말들도 지운다

기억을 지운다

악몽
—그 후 1년, 2015년 4월 16일 4시 16분 새벽

살아있는 것들 알맹이만 파먹는 검은 짐승이
밤새 울부짖으며 거리를 돌아다닌다
시민들은 크지 않는 몸집의 살쾡이처럼 생긴
그 짐승의 정체를 알지 못한다
유모차에 누워있는 아이는 겁에 질려 울고
묶여 있는 개들도 더욱 시끄럽게 짖어댄다
그 짐승의 울음이 죽음의 소리라는 것을 안
어른들은 일찍이 모두 어디론가 사라져버린다
급기야 유모차에 있던 아이도 땅바닥에 떨어져
한 청년이 그 아이를 구하기 위해 뛰어들었지만
결국 짐승에게 속수무책 붉은 심장을 내주고 만 저녁,
그때까지 겁에 질려 짖고 있던 개는 가죽만 남긴 채
심장 없이 죽어있고,
여전히 배고픈 그 짐승은 계속 울부짖으며
다른 생명들의 심장을 찾아 어슬렁거린다
점점 덩치가 커져 누구도 감히 나서거나 제지하지 못하는
그 무시무시한 괴물의 밤,
사람들은 겁에 질려 방 안에서 엎드려 있기만 한다

유달산 철거민 탑

유달산 둘레길을 돌다 보면
몇 평 안 되는 작은 터에
집 없는 사람들이
돌무더기로 자리를 만들어
다닥다닥 붙어살았던
사람들의 집터 흔적이 있다

따개비처럼 달라붙어
가난한 고향을 일구었지만
세월에 떠밀려 눈물겨운 보금자리를 뒤로한 채
스스로 정든 터전을 떠나갔다는 그들
그들의 눈물 어린 글귀가
달성사 아래 철거민 탑에 새겨져 있다

물속의 거울

하염없는 약속처럼
깊은
내변산 직소폭포

비 그친 유월,
이 생의 슬픔보다
더 짙고 푸른 허공의 그림자

저승의
지문까지도
환하게 다 보이는
물속의 거울

블라디보스토크의 엉겅퀴

DBS 크루즈훼리* 선상에서 나는
간간히 날아와 안부를 묻는 갈매기와
귓불을 스치는 귀걸이의 찰랑거림과
낯선 바람, 한줄기 빗방울과 함께 있다
아스라한 갑판 위에서 바람의 끝자락에 매달려
블라디보스토크 허름한 백화점에서 사온
등대처럼 빛나는 밤 풍경의 엽서에
짧고도 떨리는 편지를 쓴다
동북아 한반도 작은 땅덩어리 남쪽 끝 목포
블라디보스토크처럼 바다에 둘러싸여
갯내가 온 도시를 휘감는 정겨운 땅을 생각하며 쓴다
어느새 안식처럼 보이던 섬들은 사라져
잿빛 하늘과 먹물 같은 바다만 보이는 이곳,
눈 덮인 시베리아 너른 세상에서 부는 바람에 휩싸여
그 무엇도 가질 수 없는 가난한 사람이 되어 여기 서있다
어떤 이는 목포항에서 동해항, 일본항을 거쳐
또는 목포역에서 대전, 서울, 평양, 신의주를 지나
긴긴 시베리아를 횡단하는 사람도 있었으리라
그 사람들 아직 고향에 돌아가지 못한 채
툰드라의 땅 어딘가를 떠돌며

남쪽을 그리워하며 죽어가기도 하였으리라
이 극지의 세상에 몸을 부리는 동안
풀꽃 같은 온기 하나 가슴에 심고
엉겅퀴처럼 고독하게
엉겅퀴처럼 끈적하게 살다 간 그들을 떠올리며
나는 어떻게 이 시대를 살 것인가를 생각한다

* DBS 크루즈훼리는 동해를 중심으로 블라디보스토크(러시아)와 사카이미나토(일본)를 운항한다.

주남돌다리* 사랑

팔백 년의 시간을 건너왔다고요
새들이 날고 강물이 반짝이네요
꽃잎은 또 몇 번을 피어났을까요
하늘에 박힌 압정 같은 새들이
한꺼번에 강물로 뛰어드네요
얼었던 강물도 빗장을 풀고
신비로운 소리 장단에 끼룩끼룩 날개 치네요
노을 진 서편 하늘로 새들이
하트 모양으로 춤사위를 그리는 것은
당신에게 약속했던 사랑의 증표,
이제야 당신에게로 돌아왔다는 안부 인사예요
오랜 시간을 넘고 건너
끝내 당신에게로 와야만 했던 운명의 무늬예요

* 주남돌다리: '주남새다리'라고도 하며, 창원의 동읍마을과 대산면
마을을 이어주는 다리. 800여 년 전 강 양쪽의 주민들이 정병산 봉
우리에서 돌을 옮겨 와 다리를 놓았다는 전설이 전해진다.

혼의 현상학

—김경애 시의 의미

김경복(문학평론가, 경남대 교수)

날고 싶다. 날아오르고 싶다. 저 하늘 끝으로 날아오르고 싶다. 우리는 평소 땅을 박차고 날아올라 자유롭게 하늘을 날아다니는 꿈을 꾼다. 마음껏 하늘을 날아다니는 제 모습에서 말할 수 없는 해방감과 함께 삶의 충족을 느낀다. 오래전 새였던 유전적 본능이 이렇게 한밤중 꿈에 나타나 일상의 답답함을 잠시 풀어주는 것인지도 모른다.

그러나 이 꿈을 다시 보면 간절한 바람, 무의식마저 넘어선 어떤 근원적 목마름 같은 것이 그 안에 들어있는 것으로 느껴진다. 늘 오래 본능적으로 갈망하던 그 무엇, 그 무엇이 이 꿈속에 깃들어 있는 것으로 보이는 까닭이다. 때문에 그것을 유전적 본능으로 설명해 버리고 지나가기에는 조금

미흡한 감이 든다. 그렇다면 우리는 그것을 달리 불러야 할 텐데, 달리 부른다면 그것을 무엇이라 할 수 있을까? '혼', 또는 '혼의 작용'이라고 부를 수 있지 않을까? 확신을 가질 수 없지만 강한 이끌림이 가지는 힘의 정도나 내용으로 볼 때, 육체적 물질성을 넘는 영혼만이 그렇게 할 수 있으리라는 짐작에서 우리는 그와 같이 말할 수 있을 듯도 하다.

그렇다면 혼은 무엇일까? 혼을 정의하는 방법은 사람마다 문화마다 다양할 것이다. 그리고 혼이 갖는 특성상 명쾌한 정의를 내리기가 쉽지 않다. 하지만 필자는 저 꿈과 관련하여 말해 본다면, 혼은 가장 밝고 지고한 것에로의 이끌림, 가장 아름답고 영원한 것에로의 강한 이끌림이 아닐까 한다. 가장 신비로우면서도 풍요로운 세계로 고양되고 싶은 갈망으로서 말이다. 그런 차원에서 날아오르고 싶다는 열망은 가장 자유로우면서도 아름다운 세계로 나아가고 싶다는 강렬한 갈망을 뜻한다는 점에서 이 혼의 특성과 작용에 부합한다. 우리들의 일상에서 벌어지는 날아오르는 꿈, 또는 날아오르고 싶은 꿈은 물질의 중력에 붙잡혀 답답해하는 현실에서 벗어나 영적 능력을 다시 되찾아 자유로워지고 싶은 혼의 발현 내지 작용인 것이다.

김경애 시인의 두 번째 시집을 펼쳐보면 바로 이것을 보게 된다. 시인의 심층무의식에서 벌어지는 혼의 호르몬들이 시집 전체에 여러 무늬를 새기며 강렬한 냄새를 풍기고 있다. 혼의 무늬가 짓는 환영에 영적 능력이 예민한 독자들은 머리가 어지러울지도 모르고, 혼의 냄새가 끌어당기는 페로몬 향에 빨려들어 갈 것 같은 두려움으로 쩔쩔매게 될지도 모른다. 혼의 강렬한 발산, 그러나 또 어떻게 보면 현실 속에서는 그러지 못하고 부유하는 혼의 애틋한 모습에 우리의 영혼도 공명하여 떨고 있음을 발견하게 될지 모르는 것이다. 우리를 그렇게 애타게 만드는 그 시는 이렇다.

밀물이 현을 켰지요
썰물도 현을 켰어요

당신은 꿈틀거렸나요
발톱을 불끈 쥐고 내밀었나요

바람 불 때마다
큰비 올 때마다
복숭아꽃 진 자리에 서서 날아오르기를
해안선을 박차고 당신이 하늘로 솟구쳐 오르기를 꿈꾸
었지요

푸른 바다를 누르고
한없이 열린 허공의 길을 따라 유달산을 넘으면,
자유롭나요
달아오른 나의 눈길에 사나운 숨결을 훅 끼치는 당신,
꿈꾸는 열네 살

대박산 어둠에 가려 집으로 돌아가기까지
당신과 나의 눈 맞춤 놀이는 끝이 없었지요
늘 그만큼의 거리로 출렁였지요

가닿고 싶은 하늘
가닿고 싶은 시간
엎드린 당신은 언제 소용돌이치며 나한테로 날아올 건가요
　　　　　―「도원桃原에서 복룡伏龍을 보다」 전문

　시인의 영적 갈망이 참으로 아름답게 펼쳐져 있는 작품이
다. 꿈꾸는 듯한 시적 화자의 목소리에 우리 또한 간지러움
과 함께 애틋함을 동시에 맛본다. 시적 내용은 "꿈꾸는 열네
살"의 소녀가 등장하여 자신의 고향에서 살았던 신비한 체
험을 읊조리는 것으로 되어있다. 문제는 소녀가 간절히 꿈
꾸고 있는 것이 '당신'으로 호칭되고 있는 '용'과 함께 날아오
르고 싶다는 점이다. 이 내용은 마지막 연에서 "가닿고 싶
은 하늘/ 가닿고 싶은 시간/ 엎드린 당신은 언제 소용돌이
치며 나한테로 날아올 건가요"에서 충분히 유추할 수 있다.
무한 창공을 날아오르며 "달아오른 나의 눈길에 사나운 숨
결을 훅 끼치"는 용을 보며 "자유롭나요"라고 묻는 시적 화
자의 심리는 이 용에 대한 선망과 함께 용이 찾아와 같이 하
늘을 날고 싶은 원망을 드러내는 것으로 볼 수 있는 것이다.
　이 시에서 재미있는 것은 자신이 동일시하고 싶은 대상
으로서의 '당신'을 용으로 설정하고 있는 점이다. 당신이 용

이라는 정보는 시 제목을 통해 알 수 있다. 실제 시 제목에 등장하는 지명은 시인이 유년 시절을 보냈던 고향 마을 이름인데, 도원은 전남 무안에 있는 마을 이름이고, 복룡은 도원에서 바다 건너 바라다 보이는 압해도 해안가 마을 이름을 가리킨다고 한다. 여기서 "꿈틀거"리고 "발톱을 불끈 쥐"는, 그리고 "한없이 열린 허공의 길을 따라 유달산을 넘으면"이란 수식어를 두고 볼 때 이 당신은 복룡伏龍, 즉 '엎드려있는 용'이란 말에서 유추된 용으로 보인다. 시인이 꿈꾸는 대상으로 설정한 용이 자신의 고향 이름에서 비롯되었음을 시적 정보를 통해 알 수 있지만, 사실은 지명이 아니어도 이 시의 시적 풍경 속에서 시적 화자는 용과 같은 그 무슨 대상과 합일하여 하늘로 날아오르고 싶은 꿈을 드러냈으리라고 우리는 추측할 수 있다.

그렇게 생각할 수 있는 까닭은 이 시에 표현된 시적 풍경으로서 장소성이 가지는 신비함 때문이다. 시적 화자는 자신의 영혼이 거주하고 있는 바닷가 마을을 우선 신화적 공간으로 파악한다. "밀물이 현을 켰지요/ 썰물도 현을 켰어요"라는 표현을 통해 파도의 율동을 신비한 자연의 음악으로 받아들이고 있다. 이는 파도 소리를 마치 심령에 영향을 미치는 천상의 소리와 같은 것으로 인식하고 있다는 뜻이다. 거기에 자신의 고향을 "복숭아꽃 진 자리", 혹은 "복숭아 꽃물에 젖어 잠든 내 머리맡"(「복룡伏龍에서 도원桃原을 보다」)으로 볼 때 '도원'의 의미를 부여하는데, 이는 너무 아름다워 애틋한 '무릉도원武陵桃源'의 이미지를 암시한다. 즉 아름답고 풍요로운 곳에서의 삶을 암시한다. 유년의 고향은 누구에게나 원초적 안식처로서 아름답기 때문이다. 그런 상황에서 건너편 바다 너머에 웅크린 모습으로 보여지는 섬의 해안가는 자주 그늘져 있거나 안개에 끼여 있을 것이어서 늘 신비로운 모습으로 보였을 것이다. 닿을 수 없고, 여러 감각으로 확인할 수 없는 대상은 무섭기도 하지만 상상력을 무한 발동시켜 자신의 원하는 대상으로 확산된다. 복룡이란 말에서 연상된 것일 수도 있지만, 그것보다 형상적으로 구불구불한 채로 웅크린 해안가는 곧 무서운 파충류의 한 종류로서 용의 이미지로 어린 시인에게 다가왔을 가능성이 많다.

그리고 무엇보다 어린 시절부터 꿈꾸기를 좋아하는 시적 화자가 날아오르기를 꿈꾸었다면, 이를 힘차게 달성시켜 줄 수 있는 대상으로 용밖에 없다는 생각과 함께 용이 갖는 근원적 남성성에 기대 이를 불러낼 수밖에 없었을 것이다. 그렇게 말할 수 있는 근거는 이 시를 쓰고 있는 시인 김경애가 성인이 된 눈으로, 곧 성인의 욕망으로 일정 부분 열네 살 소녀의 심리를 그리고 있다는 데에 있다. 그것은 시구절 속에 표현된 "달아오른 나의 눈길에 사나운 숨결을 훅 끼치는 당신"으로 두고 볼 때, 약간 성적 색감이 배어들어 있다고 볼 수 있기 때문이다. 그 점에서 열네 살 소녀가 꿈꾸던 용에 대한 이러한 열망은 어느 정도 여성의 성적 욕망이 표출된 상태로서의 이미지, 다시 말해 근원적이고도 본능적인 합일의 욕구를 실현할 수 있는 대상으로서의 남성성, 곧 용의 이미지를 소환했다고도 말할 수 있다. 이러한 시적 해석은 이와 같은 장소에 살았음으로 인해 시적 화자가 용을 불러내고 용과 더불어 유달산 위를 날아올라 자유롭게 되기를, 간절하게 당시의 일상적 삶을 벗어나 보다 신비롭고 아름다운 세계로 진입하게 되기를 꿈꾼 것으로 해명하는 것이 된다. 이는 어린 시절부터 혼의 일렁임과 혼의 싹틈에 시인 김경애가 민감했음을 말해 주는 대목이다.

이것은 또한 시인의 시가 자신이 살고 있는 거주지와 관련하여 혼의 발현이 생겨남을 말해 주는 것이기도 한데, 이것은 이번 시집의 백미를 이루고 있는 상당수 시들이 그녀가 살고 있는 남도의 장소성과 함께 실현되고 있다는 점에서 놀라운 하나의 시적 현상이라 할 만하다. 이를 좀 더 우리의 풍경으로 만들기 위해, 그리고 이것으로 우리의 영혼을 더 살찌우기 위해 그녀가 그리고 있는 시적 풍경 속으로 들어가 볼 필요가 있다.

남도의 장소애와 혼의 일렁임

바다를 끼고 있는 해안가의 풍경은 본질적으로 열림에 대한 무한한 동경을 가지게끔 한다고 볼 수 있다. 시인 김경애의 원체험은 아마 이와 같은 장소성에서부터 시작되었을 것이다. 그것은 자신의 영혼이 갇혀 있거나 무기력하다고 느낄 때 유년에 가졌던 영적 인식이 답답한 현실적 삶에 개

입하여 개방과 신생의 삶, 보다 역동적이고 융융한 삶의 형
태로 나아가게 되길 상상했다고 말할 수 있는 것이다. 다시
말해 시인 김경애의 유년적 삶의 모습이 앞의 「도원桃原에
서 복룡伏龍을 보다」처럼 무한히 확장된 세계로의 고양에 그
생의 지향이 놓여 있다면, 지금 여기의 답답한 현실적 삶의
의미에 대해서도 이와 관련된 상상력을 펼치게 될 것은 분
명하다. 이를 잘 보여 주는 시편들이 현재 그녀가 거주하고
있는 목포와 관련된 남도의 장소성을 드러내는 것들이다.

　　어둠을 밀어내고 꽃이 핀다
　　남해 별량만에
　　새해의 햇빛이 붉은 윤슬을 주단으로 깔며 달려온다

　　…(중략)…

　　살아있다면 그 누군들 찾아오지 않으랴
　　여수에서 와온, 순천만을 거쳐
　　또는 고흥에서 벌교 해안을 짚어
　　남도의 한가운데
　　도보 순례자들이 한마음으로 만나는 화포
　　한 해의 지친 영혼을 쓸고 보듬어 일으키는 곳

　　꽃 중의 꽃, 화포 바다에선
　　겨울 숭어도 아낙의 손길을 거쳐 장미꽃 회로 변신한다

화포, 그 그리운 영혼의 바다

―「화포花浦」 부분

우리가 어깨를 기댄 채 바다를 보던 언덕 위엔
시든 풀섶귀 사이로 까치가 깡총거리고
내려다보이는 앞바다엔 핑크돌핀호가 정박해 있다

한 세월이 저물어 돌아오지 않는 시간
쿵쿵거리는 어스름이 내리는 길로 들어서면
우리의 추억이 곰삭아 있던 서산 할매집,
녹슨 철 대문이 막걸리 냄새를 풍긴다

문득 어디선가 푸드덕 날개 치는 소리
까치가 집으로 돌아가는 길인가
이제 이 거리가 돌아갈 곳이 아니란 생각에 고개를 들면
선창에서 피어오르는 비린 냄새
늘 우리를 불러내던 그 냄새가 코끝에서 글썽인다

―「온금동 냄새」 부분

　　이 두 편의 시는 시인에게 남도의 장소가 얼마나 소중한
것인지를 잘 보여 주는 내용을 담고 있다. 우선 「화포花浦」는
순천 바닷가를 말하는 것으로 새해 일출을 보러 오는 장소
로 널리 알려져 있는 곳이다. 이 장소는 그녀가 살고 있는
목포와 그리 다르지 않게 바다를 끼고 있다는 점에서 유사

성을 느껴 시를 쓰고 있는지 모르지만, 바닷가를 낀 해양적 상상력이 유감없이 발휘되고 있다. 곧 "어둠을 밀어내고 꽃이 핀다/ 남해 별량만에/ 새해의 햇빛이 붉은 윤슬을 주단으로 깔며 달려온다"는 표현에서 바다가 주는 광활성과 개방성, 그리고 개방성과 연동되는 광명성이 첫 연에서 집약적으로 표현되고 있다. 이러한 속성은 일상적 현실 속에서 중력이란 이름으로 부여되는 답답함, 무거움, 암울함 등을 일거에 깨뜨리고 벗겨 내는 힘을 준다. 즉 바다가 불어넣어 준 혼의 비상을 맛보게 하는 것이다. 때문에 김경애 시인으로서는 자연스럽게 '화포' 해변을 "도보 순례자들이 한마음으로 만나는 화포/ 한 해의 지친 영혼을 쓸고 보듬어 일으키는 곳", 또는 "화포, 그 그리운 영혼의 바다"로 이름 붙일 수 있는 것이다. 해안적 장소가 잠들어 있는 혼을 활성화하고, 그 다음에 자연스럽게 혼의 비상을 이끌어내고 있음을 본능적으로 감지하여 이를 표상해 내고 있는 것이다.

이 점은 「온금동 냄새」에서도 마찬가지다. 시적 화자는 한때 '온금동'이란 동네에 살았음을 시적 정보 속에 내보이고 있다. 그러다 무슨 사정이 있어 이곳을 떠났는지는 말하고 있지 않지만, "한 세월이 저물어 돌아오지 않는 시간" 속에 문득 찾아와서 자신의 근원적 정체성을 확인하는 것을 보여 준다. 즉 "선창에서 피어오르는 비린 냄새/ 늘 우리를 불러내던 그 냄새가 코끝에서 글썽인다"의 표현에서 갯가의 삶을 살던 사람에게 각인되어 있는 "비린 냄새"의 강렬함을, 결코 잊을 수 없음을 "코끝에서 글썽인다"는 감각적 표현으로 잡아낸다. 시의 내용으로 볼 때 이 온금동도 바다가 내려다보이는 언덕 마을로 표현되어 있다. 그렇다면 이 온금동의 장소성도 개방성과 광활성을 기반하여 무한한 하늘로 날아오르는 상상력을 발휘하게끔 했을 것으로 볼 수 있다. 이 시에서도 그것이 '까치'가 "문득 어디선가 푸드덕 날개 치는 소리"라는 표현에서 실현되고 있음을 엿볼 수 있다. 까치가 날개 치고 하늘을 나는 소리는 시적 화자의 현실적 갈망, 즉 답답한 일상적 현실을 벗어나고 싶은 원망의 감정이입이다. 그 점에서 해안을 끼고 있는 지대나 언덕은 김경애 시인의 원초적 상상력을 발동시키는 공간으로서 혼의 일렁임을 유감없이 보여 주는 문제적 장소다.

한편 이 시에서 또 하나 중요한 것은 원초적 감각으로 표현되는 '비린 냄새'다. 후각적 감각으로 표현된 이 시구절은 김경애 시인의 정체성이 어디에 있는가 하는 점을 알려 준다. 그 말은 후각적 감각으로 각인된 이미지가 한 사람의 생애에 깊이 각인되어 삶의 전방위에 작용한다는 뜻이다. 감각에 대해 연구한 알베르트 수스만은 『영혼을 깨우는 12감각』에서 후각은 존재의 가장 근원적인 감각으로 자신의 정체성을 인식하는 시작이자, 자신의 존재성을 둘러싸고 있는 경계와 종족에 대한 인식을 부여해 주는 감각이라고 한다. 한마디로 냄새가 자신의 근원적 정체성을 일깨워 주고, 제 자신이 속할 집단과 영역이 어디인지를 알려 주는 표지가 된다는 것이다. 김경애 시인이 그리고 있는 갯가의 이미지와 비린 냄새는 그녀의 근원적 정체성이 어디에 있음을 알려 주는 표지가 된다고 할 수 있다. 그것은 남도의 장소성이 그녀와 그녀를 둘러싼 사람들의 실존적 정체성을 형성하고 있음을 알려 주는 것이라고 말할 수 있다는 점이다.

실제 이번 시집에서 시인이 본능적으로 "북항은/ 예측할 수 없는/ 불멸의 사랑을 꿈꾸기에/ 가장 좋은 항구"(「북항」)라고 말하게 되는 것은 바다를 삶의 반경으로 가진 사람들의 무의식적 원망이자 제약으로 볼 수 있다. 이와 관련하여 나카무라 유지로가 『토포스: 장소의 철학』에서 인간의 기억이란 무엇보다도 장소의 기억으로 언어 또한 장소를 매개해서 기억되고, 집적되며, 생각나게 한다고 하는 말을 떠올려 볼 수 있다. 에드워드 렐프도 『장소와 장소상실』에서 정체성이란 장소 경험의 기본적 측면이라고 말한다. 원초적 장소들은 사람의 개별성을 표현해 주기 때문에, 즉 강렬하면서도 개인적으로 심오한 의미를 가진 만남이기 때문에 그 장소를 사랑하지 않을 수 없다. 이를 '장소애(Topoplilia)'라 부를 수 있는데, 김경애 시인에게 그것은 열린 바닷가에서 비상의 상상력을 발동시키는 해안가로 나타난다. 그곳에 서게 될 때 시인은 혼의 일렁임과 함께 비상에의 욕망을 느끼고 이를 발산한다. 장소가 그 공간 속에 깃든 생명체들에게 일정한 감수성을 부여한다면 그것으로 '장소혼'의 특성을 띤다고 말할 수 있을 것이다. 때문에 꿈꾸게 함으로써 자유를 추구하게 하는 장소, 그러면서 그녀의 근원적 정체성으로 다시 실존을 유지하게끔 한 해안의 장소는 시인의 혼을 불러내고, 혼을 단련시키고, 혼을 융기시켜 왔다고 말해야 할 것이다.

이러한 남도의 장소애와 혼의 일렁임은 「목포역 블루스」를 비롯해 「외달도에서 내달도를 만나다」 「겨울, 와온 바다」 등 도처에 나타난다. 이 본질적 장소성에 대한 탐구가 이번 시집의 중심을 이루고 있다는 점에서 매우 놀라운 면모다. 거기에 더하여 장소를 통한 자신의 실존적 정체성에 대한 인식이 곧바로 그녀 자신의 실존적 삶에 대한 성찰로 이어져 간다는 점 또한 문제적이다.

사랑의 상실과 실존적 삶에 대한 성찰

우리는 한 시인의 시집을 읽을 때 역사적 현재에서 시인이 인식하는 자신의 모습은 어떠한가를 궁금해한다. 그것은 자신에 대한 시인의 객관적 인식뿐만 아니라 이 당대의 현실에서 이루어지는 자신의 삶을 시인이 어떻게 받아들이고 있는가 하는 점을 보기 위해서다. 그럴 때 김경애 시인의 이런 모습은 매우 쓸쓸하고 부정적이다. 가족과 가정에서의 따뜻함을 일부 「봉순이 타령」 「강씨의 담배 사랑」 「'ㄷ' 그리고 'ㅇㅂ'」 등에서 해학적으로 그리는 것도 있지만, 대다수의 현실적 자아의 모습은 상실과 결핍으로 방황하는 모습을 그리고 있다. 실제 거주지인 목포의 삶과 관련된 다음 시가 이를 잘 보여 준다.

혼돈과 멀미,

불안한 시선과 고독한 눈빛

돌아올 수밖에 없다는 것은 얼마나 큰 위안이자 형벌인가

부둣가 저편에서 들려오는 눅눅한 목소리에 밀려

나의 발걸음은 제자리를 맴돈다

갈 곳이 없어 헛도는 것은 아니다

뜨겁던 사랑이나 지독한 이별도 물기처럼 사라져

강파르게 마른 채로 쓸쓸히 걸어가는 사람

아무도 기다리지 않는 역에서

끝내 생활 속으로 들어가지 못하고

나는 비 맞는 비파나무처럼

늦은 시각까지 역 대합실에 서있다

——「목포역 블루스」 부분

    이 시의 색조는 "혼돈과 멀미, / 불안한 시선과 고독한 눈빛"에 압축되어 나타나듯이 한마디로 쓸쓸함이다. "끝내 생활 속으로 들어가지 못하고/ 나는 비 맞는 비파나무처럼/ 늦은 시각까지 역 대합실에 서있다"는 시적 화자의 모습은 쓸쓸하고 고독한 존재자로 그려진다. 왜 생활 속에 들어가지 못하는가 하는 이유는 이 시의 정보로 볼 때 "뜨겁던 사랑이나 지독한 이별도 물기처럼 사라져"버린 데에 있다. 시적 화자는 생활로 "돌아올 수밖에 없다는 것은 얼마나 큰 위

안이자 형벌인가" 하고 탄식하고 있는 것으로 보아 생활이 없는 것도 아니고, 그리고 그 생활 속에서 산다는 것에 얼마 정도 "큰 위안"을 받는 것도 사실이지만 역으로 그것은 다시 "형벌"이 됨을 자인하고 있다. 시의 내용들을 종합해 보면 일상적 생활은 있되, 자신이 진정으로 원하는 생활이 없어 방황하고 쓸쓸해한다는 것 같다.

그렇다면 자신이 진정으로 원하는 삶은 무엇이 될 것인가? 자코메티의 작품명으로 인용된 "강파르게 마른 채로 쓸쓸히 걸어가는 사람"은 자신의 모습일 테지만, 그리고 그 모습은 대다수 현대인들의 모습으로 여겨져 쓸쓸한 공감을 불러내지만, 시적 화자가 꿈꾸는 진정한 삶의 모습은 이 시에서는 보이지 않아 호기심이 인다. 그리고 시적 화자가 언급하는 "뜨겁던 사랑이나 지독한 이별도 물기처럼 사라져"버린 내용도 궁금하다. 이것은 상실, 그것도 '뜨겁던' '지독한' 등의 수식어로 볼 때 강렬한 사랑의 체험들이 사라져간 현실을 말하고 있는 듯한데, 실제 사랑의 상실로 본다면 조금 괴이쩍지 않은가? 「강씨의 담배 사랑」 등을 보면 현실 속의 가정은 화목해 보이고 일상적 삶의 모습도 평화로워 보인다. 그런데도 상실과 상처를 노래하는 까닭은 어디에 있는가? 실제 남몰래 사랑하고 거기에서 어떤 상처를 입어 이런 시를 쓰게 되었나? 그런 내용이라면 이렇게 시로 나타낼 수 있을까? 아니면 아직도 잊지 못하고 있는 첫사랑을 그리워하는 차원에서 이렇게 표현하고 있는 것일까? 조금 뜬금없다는 생각이 들게 된다.

사정은 정확히 알 수 없지만 이번 시집의 상당수의 시들이 사랑의 상처를 노래하고 있는 것은 틀림없다. 가령 다음 시편들이 그것인데, 이 시들을 보면 시인 김경애의 현재적 심리 상태를 우리는 알 수 있다.

사랑이 끝난 자리는 폐허다

바람의 심장을 찌르며 방파제로 걷는다
우산살이 휘어지고 휘청거리는 다리
바다는 상처투성이 역사를 뻘밭에 새기고 있다
한때, 우리가 바라보던 바다가 아니다

쇠한 마음의 끝을 비바람이 흔든다
언약의 시간이 깨어져서야
검은 뻘밭으로 드러나는 당신과 나의 사랑
우리 사랑은 물의 지문이었던가

내 사랑은 이제 비구름 뒤의 일몰이다
——「겨울, 와온 바다」 부분

누구의 울음을 울어주기에는
생이 다한 배처럼 삭기만 기다리는
내 아픔이 더 크고 붉다

같이 걸었던 소등섬의 해안 길을 지운다
함께 보았던 와온 바다 일몰을 지운다

누군가를 떠나보내는 게 쉬운 일은 아니다
먹먹한 날들 더 이상 품을 수 없어,
따뜻했던 손길을 지운다
귓가를 찰랑이던 말들도 지운다

기억을 지운다

─「기억을 지운다」 부분

　이 두 편의 시는 사랑의 상실과 그 상실로 인한 슬픔을 표현하고 있다. 「겨울, 와온 바다」에서 시적 화자는 "사랑이 끝난 자리는 폐허다"라고 사랑의 상실을 분명하게 표현함으로써 현실적 삶의 쓸쓸함의 원인이 어디에 있는지를 말해주고 있다. 「기억을 지운다」는 사랑을 잃고 난 뒤의 현실적 고통의 모습과 그것을 견디어 내기 위한 안간힘이 "지운다"란 말의 연속으로 잘 드러나고 있다. 두 편의 시를 읽고 나면 현실 속의 이성적 사랑이 깨어지고 난 뒤, 상처 입은 사람이 애조 어린 탄식과 술회를 하는 것처럼 느껴진다. "내 사랑은 이제 비구름 뒤의 일몰이다"란 말이나, "같이 걸었던 소등섬의 해안 길을 지운다/ 함께 보았던 와온 바다 일몰을 지운다"는 말, 그 말을 넘어 "기억을 지운다"는 표현은 사랑을 잃고 난 사람의 처절하고 안쓰러운 감정을 잘 표현한 것으로 보이는 것이다.

때문에 이러한 시들은 현실 속의 사랑한 연인을 잃고 난 후의 감정으로 읽어도 무방할 것으로 보인다. 실제 다른 시에서 "한 사람을 잃어버린 후/ 층층이 무너져 내린 하늘"(「먹장구름 천지였다」)이라고 노래하고 있는 것을 두고 볼 때 그러한 해석은 타당해 보인다. 그리고 "첫사랑이었을까요"로 자문하며 "우리는 마른 햇빛 속에 타버린 영혼/ 까마득한 시간도 거슬러 오르는 연어의 족속/ 꽁꽁 언 길을 당신 손에 기대 엉금엉금 내려왔지요/ 아직까지 다 내려오지 못해 당신에게 손을 뻗는/ 그 겨울, 내장산"(「그 겨울, 내장산」)이라고 애절하게 그리움을 표현하는 시를 두고 볼 때 첫사랑의 흔적에 대한 것으로도 보인다. 그렇게 해석해 들어간다면 시인 김경애는 남녀의 사랑에 예민하고, 그 사랑의 움직임으로 인한 현실적 생활의 쓸쓸함과 우수憂愁를 잘 표현해 내고 있다고 말할 수 있다.

그렇지만 이 시들은 단순히 남녀 관계의 이성적 사랑을 말하고 있다고 보기에는 그 그리움과 절망의 감정이 너무 깊고 지속적이란 점에서 이상한 느낌을 준다. 현실 속 이성 간의 사랑 모습으로 수식된 표현은 자신의 현실적 삶의 쓸쓸함이 너무나 깊고 본질적이라는 점을 감추려 하거나, 아니면 이를 더 실감나게 드러내기 위해 의도한 것으로 읽혀지는 것이다. 밝은 일상적 삶 뒤에 어둡고 쓸쓸한 삶이 있음을, 그 무엇으로도 충족되지 않은 상실과 체념의 삶이 있음을 말하고자 하는 것으로 보이는 것이다. 그것은 무엇 때

문일까? 이 지점이 김경애 시의 미스터리, 시적 매혹인지
모르겠다.

그것을 알기 위해서는 몇 편의 시를 더 둘러 가야 하리라.
그녀의 심중을 알 수 있게 하는 다음 시는 참으로 스산하면
서 쓸쓸한 자신의 현재적 삶의 모습을 보여 주어 보는 독자
로 하여금 아픈 반향을 일으킨다.

> 문득, 이 세상에 없는
> 언니가 생각나는 날들이 있었다
>
> 몇 달 조용하다 싶으면
> 어느 날 짐 싸들고 훌쩍, 떠났다가
> 겨우 무심히 지낼 만하면
> 무슨 일 있었어? 하곤
> 귀신처럼 다시 나타나던 언니
>
> 분명 내 피에도 언니가 숨어있는데
> 난 소심한 악마라 그럴 수는 없었다
>
> 고장난 괘종시계처럼 멈춰있거나
> 아님, 날개가 퇴화한 집닭처럼
> 닭장 같은 우리를 뱅뱅 돌며 연명했다
>
> 목포 앞바다 갓바위 출렁다리를

파도와 혼자 걷는 시간,

언니처럼 어디론가 쉽게 떠났다가

쉽게 돌아오지 못할 것 같아

오래 내 그림자와 놀았다

　　　　　　　　　　─「오래 내 그림자와 놀았다」 전문

이 시는 여러 측면에서 해석을 내리게 한다. 우선 현실적으로 삶의 쓸쓸함과 스산함에 대해서 이 시는 "파도와 혼자 걷는 시간,/ 언니처럼 어디론가 쉽게 떠났다가/ 쉽게 돌아오지 못할 것 같아/ 오래 내 그림자와 놀았다"로 표현해 냄으로써 홀로 내적 쓸쓸함을 간직한 채 지낼 수밖에 없음을 보여 주고 있다. 자신의 그림자와 오래 노는 모습은 외롭다 못해 어떤 섬뜩함마저 풍긴다. 마치 귀신과 어울려 노는 형국이지 않은가! 이런 외로운 인고 내지 은둔적 삶의 모습은 "자꾸 침잠하는 소리,/ 그래도 마음에 등불을 켠다/ 밝은 그늘 속으로 얼비치는 나의 핼쑥한 얼굴/ 나는 더 오래 나와 친구가 되기로 마음먹었다"(「내 안의 반란」)에서도 보인다. 또 다른 '나'로 호명된 대상과 오래 친구가 되기로 마음먹은 것은 내 그림자와 노는 것처럼 외롭고 처연하다 못해 아픈 감정을 발생시킨다.

그런데 무엇보다 이 시는 자신이 이렇게 외롭고 쓸쓸하게 지내게 된 사연을 암시해 보여 준다는 측면에서 주목된다. 곧 "분명 내 피에도 언니가 숨어있는데/ 난 소심한 악마라 그럴 수는 없었다"는 고백이다. 이 시적 정보를 제대로 이해하기 위해서는 첫 시집『가족사진』에 실려있는「가족사진」을 살펴볼 필요가 있다. 거기서 언니는 어떤 정신적 질병으로 가출을 자주 하다 20살이 넘어 자살한 것으로 나온다. 언니로 표상된 존재에게 시적 화자는 '귀신', 또는 '악마'라는 의미를 부여하고 있다. 그리고 자신의 피에도 이러한 언니의 속성이 깃들어 있는데 다만 '소심'하여 언니처럼 하지 못하고 살고 있다는 내용이다.

이 표현들 속에는 언니에 대한 화자의 이중적 태도가 들어있다. 일단 '내 피에도 언니가 숨어있다'는 말로 두고 볼 때, 시적 화자는 언니처럼 될 수 있다, 또는 언니처럼 살고 싶다는 내면적 욕망을 가지고 있는 것으로 볼 수 있다. 그러나 자신은 또 '소심'하여 "언니처럼 어디론가 쉽게 떠났다가/ 쉽게 돌아오지 못할 것 같"다로 말함으로써 "오래 내 그림자와 놀" 수밖에 없는 자신의 한계, 자신의 운명을 말하고 있다. 이 표현들은 끌림과 자중, 파괴와 인내, 뛰쳐나감과 순응 등의 대립적 감정 속에 시적 화자가 놓여 있음을 보여 주고 있는 것이다. 전자의 감정은 언니의 속성으로서 자기 마음대로 하는 것, 즉 자유다. 후자는 집과 가족을 비롯한 현실적 삶의 무게를 견디어내는 일로서 책임이나 구속이다. 시인 김경애는 늘 이러한 이중적 감정 속에 싸여 살아왔음이 틀림없다.

그렇게 볼 때 불쑥 현실적 삶의 답답함에 서울이나 기타 다른 곳으로 여행이든 방문이든 자유롭게 떠나는 것은 언니적 태도로서 자신이 원하는 삶의 한 방식이다. 그렇지만 생활이 있는 현실 속으로 다시 돌아와야만 할 때, 이는「목포역 블루스」에서 "돌아올 수밖에 없다는 것은 얼마나 큰 위안이자 형벌인가" 하며 탄식하는 것처럼 원하지 않는 삶 속으로 귀환이기 때문에 고통을 호소하게 된다. 따라서 비록 죽음이라는 극단을 선택했지만 언니는 이 답답한 일상을 벗어나 있는 존재, 혹은 벗어날 수 있는 길을 제시해 주는 존재의 의미를 갖는다. 그것은 가만히 살펴보면「도원桃原에서 복룡伏龍을 보다」에서 자신을 저 하늘로 실어 날라주는 '용'의 의미와 같지 않은가! 그렇다면 이때 '당신'은 '소심'에서 벗어난 나를 언니처럼 어떤 완전한 세계로 안내하는 존재, 비록 언니는 귀신으로 언급되고 있지만 이를 영적 존재로 바꾸어 본다면, 아예 언니처럼 혼의 자유를 간직한 채 어떤 지고한 세계로 같이 합일되어 갈 수 있는 존재로 볼 수 있는 것이다.

때문에 김경애 시 속의 당신은 사랑하는 연인일 수도, 어릴 적 혼의 일렁임으로서 용일 수도, 그리고 가장 심령 상의 상처를 안긴 언니일 수도 있다. 그 간절한 합일의 대상을 상실했다는 자각과 회한에 현실적 삶은 갈수록 쓸쓸해지고 스산해짐을 시인은 저와 같이 노래하고 있다고 말해야 되리라. 때문에 "몸이 아프다 집이 뜨겁다// 당신이 보내주지 않는다면/ 어쩔 수 없이 가출을 할 수밖에 없다"(「관리받는 여자 2」)는 신음 소리가 결코 엄살이거나 수사가 아님을 우리는 알 수 있다. 자신의 현실적 실존이 혼의 상실로 인해 얼마나 부자유와 무의미로 고통받고 있는지를 매번 모든 시에 새기고 있는 것이다.

운명적 구원으로서 춤, 혹은 시

인간은 누구나 자신의 의미 있는 삶을 확인하기 위한 인정투쟁을 늘 시행한다. 시인 김경애의 시는 혼의 상실로 인한 고통스런 현실을 오래 노래하고 있었다는 점에서 다시 의미를 되찾기 위한 인정투쟁을 일찍부터 할 수밖에 없음을, 늘 하고 있었음을 이미 그 안에 내포하고 있었다고 할 수 있다. 실제 그녀의 시를 살펴보면 상당수의 작품은 아픔의 스산한 풍경이지만 어떤 작품은 데일 것 같은 열정을 확확 뿜어낸다. 이것은 혼의 일렁임을 자신의 내부로 받아들여 발산하는 풍경이다. 특히 혼이 열정으로 승화될 때 놀라운 시적 화자의 행동을 보게 된다. 다음 시들이 그런 경우가 아닐까?

타오르지 않고는 설 수 없다
충혈되지 않고는 볼 수 없다

제 몸의 신열로 뒤트는 배롱나무꽃
발꿈치를 세우고 하늘로 오르는 붉은 춤
생의 진액이 흐른다
온몸을 떨어대며 머리를 뒤집는다

모든 것은 잔광 속으로 녹아든다
가 닿을 수 없는 몸짓으로
제 안의 죽음마저 태워버리려는,
서해 일몰에 붙잡혀 일렁이는 배롱나무 춤
　　―「배롱나무 춤」 부분

오늘 밤 안으로 집으로 돌아가야 하는 나는
벗어둔 외투를 입을까 말까 망설인다
그 사이 난로의 장작불은 활활 타오르고
어느새 시를 삼킨 클래식의 소리가
얼어붙은 마음의 빗장을 열고 뛰어다닌다
발뒤꿈치를 무는 음표를 따라
아무 경계 없이 해방을 꿈꾸는 찰나,
덧창문을 거칠게 때리는 바람 소리
상상의 뼈와 살이 흠칫 놀라 시혼으로 부유한다
시선은 자꾸 적설의 시간대를 재며 멈칫대지만
마음은 눈송이처럼 하늘로 솟구치는 밤
쇼스타코비치 왈츠 선율에 실려
끝없이 춤추며 날아오르고 싶은 밤
시마詩魔에 붙잡혀 꼼짝할 수 없는 산사의 밤
　　　　　　　―「김종삼 시詩 음악회」 부분

　두 편의 시를 일관하는 정서는 무의미한 일상을 불살라 버
리려는 강렬한 열정이다. 특히 그것들은 춤의 형식으로 제

시되고 있는 점이 특징이다. 먼저 「배롱나무 춤」에서는 "타오르지 않고는 설 수 없다/ 충혈되지 않고는 볼 수 없다"는 단호한 선언적 말을 통해 자신의 무기력함과 무의미성을 뜨겁게 질타하고, "제 안의 죽음마저 태워버리려는,/ 서해 일몰에 붙잡혀 일렁이는 배롱나무 춤"을 내면화한다. 이는 죽음마저 뛰어넘으려는 혼의 용기, 혼의 비상일 수밖에 없는데 묘하게도 이를 '춤'이라는 형식으로 달성하고 있는 것을 보여 준다. 그렇다, 춤이야말로 지상에서 발을 뗄 허공으로 솟구치려는 모습, 그것 아닌가! 춤은 제 안의 뜨거움을 불살라 하늘로 비상하려는 몸짓이다. 그 점에서 춤추는 사람의 모습은 혼의 일렁임에 붙잡혀 있는 모습이고, 춤을 통해 저 망망한 하늘로 솟구치고자 하는 혼의 형식이자 혼의 발산이다.

이 점은 「김종삼 시詩 음악회」에서도 마찬가지다. 시적 화자는 "오늘 밤 안으로 집으로 돌아가야 하는 나는/ 벗어둔 외투를 입을까 말까 망설"이는 가운데 혼의 일렁임에 접신돼 "끝없이 춤추며 날아오르고 싶은 밤/ 시마詩魔에 붙잡혀 꼼짝할 수 없는 산사의 밤"을 맞게 된다. 시마에 붙잡히는 순간 춤과 비상의 상상력이 발동되고 있는 것이다. 여기서 '시마'는 시혼詩魂, 이미 앞에서 지속적으로 보았던 용의 실체로서 혼의 다른 말일 것이다. 그리고 이 시마는 언니에게 깃든 귀신이고, 언니와 같은 피를 지닌 김경애 시인 속에도 들어있는 악마일 것이다.

그런 점에서 시인 김경애에게 혼을 되살리고 삶의 의미

를 풍성하게 하는 일은 바로 시를 쓰는 일이다. 시가 바로 혼의 융기, 혼의 발산을 가져다준다. 실제 시인은 「시詩가 오지 않는 날들」에서 자신의 모습을 "저절로 붉어진 제 얼굴 어쩌지 못해 벌레처럼 작아져 있는 나"로 형상화하면서 이를 벗어나기 위해, 즉 혼을 불러들이기 위해 "시詩가 오지 않으면 벼락이라도 맞을 기세로/ 모든 걸 다 데려갈 듯 빗발치는 폭우를/ 온몸으로 맞으며 미친 듯이 춤을 추고 있다"며 극한적 삶의 자세를 보여 주고 있다. 또 다른 시에서는 혼이 깃든 시가 오지 않은 상황을 "머리카락이 입안으로 들어와 목을 조른다"고 표현하면서, 이를 벗어나기 위해 "울부짖는 바람의 말들을 모아/ 그 무언가를 밤바다에 전하려는" 행동을 보여 주고 있다. 여기서 울부짖는 바람의 말은 현실의 물질성에 억눌려 있는 혼의 말, 혼의 일렁임일 것이다. 시적 화자는 그것을 '모아' 전하려는 것, 즉 "쓴 소주가 달달해지는 밤의 물결 위에/ 나는 다시 무언가를 쓰고 또 쓰고 있다"(「쓰고 또 쓴다」)고 말함으로써 시를 통한 삶의 구원을 노래하고 있는 것이다.

그런 점에서 혼의 부활을 알리는 듯한 사랑의 노래는 아름답다 못해 처연하다. 처연하다 못해 귀기鬼氣를 풍기는 듯하다. 무시무시한 시취屍臭—그래, 생각해 보면 그것은 시취(詩臭屍), 시의 냄새이기도 하다—를 풍기는 그 아름다운 시는 이렇다.

팔백 년의 시간을 건너왔다고요

새들이 날고 강물이 반짝이네요

꽃잎은 또 몇 번을 피어났을까요

하늘에 박힌 압정 같은 새들이

한꺼번에 강물로 뛰어드네요

얼었던 강물도 빗장을 풀고

신비로운 소리 장단에 끼룩끼룩 날개 치네요

노을 진 서편 하늘로 새들이

하트 모양으로 춤사위를 그리는 것은

당신에게 약속했던 사랑의 증표,

이제야 당신에게로 돌아왔다는 안부 인사예요

오랜 시간을 넘고 건너

끝내 당신에게로 와야만 했던 운명의 무늬예요

　　　　　　　　　　—「주남돌다리 사랑」 전문

　끝내 이룰 수밖에 없는 사랑을 노래한다면 그 누가 그 사랑의 깊음과 끈질김을 부정할 수 있으랴! 그 안에 밴 혼의 일렁임과 그 열망을 느끼지 못하랴! "팔백 년의 시간을 건너"와 자신의 사랑을 "하트 모양"(의) "춤사위"로 증명하는 존재는 평범한 존재는 아닐 것이다. 있다면 죽지 않는, 영원불멸의 존재, 곧 혼 아니겠는가? 사랑을 잊지 못해 그것을 "끝내 당신에게로 와" "운명의 무늬"로 실현하는 혼이라면 이것이야말로 사랑스러운 혼이 아니겠는가! 시인 김경애는 본능적으로 모든 사물의 현상 깊이 이러한 혼의 일렁임과 신비함, 곧 영혼불멸의 사상을 발견해 내고 있다.

이러한 사상에 싸여 있는 동안 현실적 삶의 중력에 답답해하다가도 어디로 나아가야 할지를 본능으로 알게 될 것이다. 그것은 비상, 사라진 용을 불러 같이 비상하는 일이다. 수많은 시간이 지났더라도 그 원초적 장소의 체험이 주었던 완전한 전체성의 세계, 이 대지와 우주로 확산되어가는 혼의 융기와 확산의 상태로 돌아가는 일이다. 이것이야말로 구원, 시를 통해 혼을 발견하고, 혼을 불러내 배양하여, 끝내 혼과 더불어 살아가게 됨으로써 얻게 되는 영적 구원 아니겠는가!

그 점에서 김경애의 시는 결절점에 서있다. 일상생활이 주는 무의미와 도로徒勞의 고통, 가족과 가정에 대한 미안함과 고마움, 어린 시절의 추억과 함께 자신의 실존적 정체성을 부여했던 남도에 대한 사랑, 그리고 무엇보다 자신의 현재 삶을 더 지고한 것으로 밀어 올리고 있는 시혼의 출렁임 등이 집약되고 녹아들어 하나의 빛 덩어리로 갈무리되고 있다. 그 내부적 힘들의 밀고 당김에 의한 긴장도 볼 만하지만, 그것들이 뒤섞여 하나의 새로운 존재로 탄생되어 가는 것은 그윽하다 못해 신비롭다. 이 지점에서 어떤 향기와 색채를 가진 다음 시들이 싹터 나올지 궁금하지 않을 수 없다. 꽃의 낙화가 아름다운 열매를 맺기 위한 것으로 승화되듯 시인 김경애의 애달픔과 동동거림이 더 나은 삶과 시로 승화되기를 기원한다.